LE CRIME

OU

l'année 1789....

POËME.

Et qui meurt pour son roi , meurt toujours avec gloire.
(HENRIADE , chant IVe.)

1791.

LE CRIME

OU

L'ANNÉE 1789........

QUAND l'erreur abusant les faciles humains,
Semble aiguiser le fer dans leurs sanglantes mains :
Lorsque la France antique, aux factions livrée,
Des projets de ses fils paroit être enivrée :
Fidèle à mes devoirs et quitte envers l'honneur,
J'ose payer ici le tribut de mon cœur :
Je brave sans effroi des fureurs populaires,
Je tiens aux sentimens que chérissoient nos pères,
Et reclamant aussi ce mot de liberté,
Je m'offre au jugement de la postérité ;
Puisse-t-elle approuver un transport légitime,
Et gravant sur ces vers le cachet de l'estime,
Y rechercher encor cet amour de son roi,
Qui fut en d'autres tems notre suprême loi ;
Puisse-t-elle rayer des fastes de l'histoire,
Tous ces jours nébuleux, de honteuse mémoire,
Où le trône des lys, sur ses bases croulant,
A l'affreuse licence ouvrit un large champ ;

A 2

Où les Bourbons proscrits par des haines perfides
furent contraint de fuir leurs foyers homicides.

Oh toi ! dont nos penseurs voudroient en vain ternir
Et le règne éclatant , et le beau souvenir ,
Ombre du grand Lou.s , daignerois-tu m'entendre ,
Et mes vœux jusqu'à moi te feroient-ils descendre ?
Oui , je n'en puis douter , et quand ma foible voix
S'élève pour venger , et le trône et ses droits ,
Je sens que ta présence à mes écrits imprime
Ce que ton siècle dut à ton ame sublime ,
Cette vive clarté , cette noble chaleur ,
Qui trouve et prend sa source aux sentimens du cœur.

Mais tandis que ma muse , en déployant ses aîles ,
Dresse son vol rapide aux voûtes éternelles ;
Que j'offre à ce héros l'hommage du respect ,
Qu'en tremblant je m'incline à son auguste aspect ;
Quel nuage épaissi tout-à-coup m'environne ?....
D'où peut naître l'horreur qui m'oppresse et m'étonne ?
Quels sont ces sifflemens dans les airs élancés ?....
Quels sont ces traits affreux dont mes yeux sont blessés ?
Sous le masque trompeur de la philosophie ;
Ah! je la reconnois.... la discorde ennemie
Semant par-tout l'erreur , la crainte , les soupçons.
Vient épancher sur nous l'urne de ses poisons.

Français ! qu'allez-vous faire ? et qu'osez-vous pré-
tendre ?
Quoi! ce monstre odieux pourra-t-il vous surprendre ?...
Jouets de vos tyrans , vous servez leur courroux !
Tout le fruit de l'exemple est donc perdu pour vous ?

Que dis-je ! ç'en est fait, et la France en allarmes
Tumultueusement va recourir aux armes :
Déja de toutes parts les esprits excités,
Du feu des passions bouillonnent agités ;
Et déja le mensonge errant de bouche en bouche,
Distille au fond des cœurs une haine farouche.

Oh Français ! quel démon précipite vos pas ?
Sur les traces du crime entraînés aux combats,
Contre qui tournez-vous ce glaive sanguinaire ?...
Cruels !... pensez-vous bien que dans le sein d'un frère,
Un aveugle transport vous le feroit plonger ?....
Eh ! quel forfait sur lui vous faut-il donc venger ?...
Celui de repousser un système homicide,
Qui, dans son cours funeste, orgueilleux et rapide,
Imite la fureur de ces feux consumans
Qui lancés du Vésuve en dévorent les flancs.

Ainsi donc, cette pure et brillante lumière,
Que nos sages disoient apporter sur la terre
Pour conduire et guider la raison des humains,
Ne doit, hélas ! briller en vos fatales mains,
Que comme ces flambeaux, ou ces torches funèbres,
Dont le crime s'éclaire au milieu des ténèbres ;
Et la philosophie au rang de nos fléaux,
Pour la leçon des temps aura donc ses bourreaux.

Ah ! s'il eût été vrai qu'un mouvement sublime,
Vous armât en faveur du pauvre qu'on opprime,
Vous auriez dû songer, en lui venant offrir
Ces droits d'égalité dont il ne peut jouir,
Que d'un mal nécessaire il n'a point connoissance,

Qu'il ne demande au ciel qu'une honnête existence :
Venez et suivez-moi dans ces riches vallons ,
Que Pomone ou Cérès surchargent de leurs dons ;
Voyez dans le lointain ce vieillard vénérable ,
Chaque jour attachant son espoir respectable ,
Sur ces champs nouriciers , cultivés par ses mains ;
Hélas ! il vit heureux , content de ses destins :
La grêle meurtrière , et les vents , et l'orage ,
Ont toujours respecté son modeste héritage ;
Et s'il étend ses bras vers l'être tout puissant ,
C'est le tribut offert d'un cœur reconnoissant ;
Il ne desire point tous ces droits qu'il ignore ;
La vanité des rangs lui fait bien moins encore ;
Et soumis à son prince , heureux de ses bienfaits ,
Il instruit ses enfans... et veut mourir en paix ;
Troublerez-vous la fin de ses douces journées ?
Tromperez-vous l'espoir de ses vieilles années ?
Et sacrifiant tout à vos affreux desseins ,
Voulez-vous présenter à ses regards éteints
Le spectacle odieux de ces mêmes contrées
Aux horreurs de la guerre entièrement livrées ;
Voulez-vous lui montrer , sous ses murs tout sanglans
Ses frères , ses amis , l'un par l'autre expirans ,
Au sein de ses guérets , les moissons mûrissantes
En proie à la fureur des flammes dévorantes ,
Et le sillon tracé par ses bras affoiblis ,
Tout imprégné du sang de ses malheureux fils.

Perfides novateurs , durs habitans des villes ,
Ce seroit là le fruit des discordes civiles ,
Et les premiers effets de ces tristes erreurs
Dont votre aveuglement adopte les fureurs ;

Ah ! laissez, croyez-moi, vos funestes maximes ;
Osez vous arrêter sur la pente des crimes ;
Fuyez, fuyez au loin les coupables cités,
Et venez repeupler nos champs inhabités ;
C'est-là, que dans la paix d'une heureuse innocence ;
Reposent les vertus de l'honnête indigence,
C'est là que les mortels, presque tous bienfaisans ;
Ont du moins, quelque peine à devenir méchans.

Que dis-je ; hélas, je peins des tableaux infidèles .
Dont le temps qui s'envole a brisé les modèles ;
Des barbares ont su dans leurs lâches desseins,
Corrompre au poids de l'or, les meilleurs des humains ;
C'est en leur apprenant que les hommes sont frères,
Qu'ils ont armés leurs bras de glaives sanguinaires,
Qu'ils leur ont dit, « Frappez vos antiques fléaux,
« Frappez et détruisez, . . . nous serons tous égaux ».
Dès-lors, le meurtre impur, en parcourant la France
Put se gorger en paix du sang de l'innocence,
Et rougissant la fange où s'imprimoient ses pas,
Souiller le fer des loix par ses assassinats :
Dès-lors, tout fut changé ; plus de frein, plus de honte,
Que l'audace orgeuilleuse ou ne brise, ou ne dompte ;
La force fut un droit, le succès fit l'honneur,
L'estime alla chercher l'infame délateur ;
Le vice au front d'airain, marchandant ses victimes,
Afficha sans pudeur le tarif de ses crimes ;
Le *civisme* épura tous ces lâches trafics,
Et le sang fut crié sur nos marchés publics.

Mais ; ainsi qu'autrefois la comète brillante
Qui traçoit dans les airs sa route étincellante,

Annonçoit aux mortels, credules et tremblans,
Que le ciel préparoit de grands événemens ;
Ainsi, tous ces forfaits dont l'affreuse anarchie
Paroît avec éclat sa tête enorgueillie,
Ne présageoient que trop le régicide affreux,
Dont nous devions souiller nos destins malheureux.

Déjà l'instant s'approche... et des cris de vengeance,
De la tranquille nuit profânent le silence :
L'airain, l'airain sonore, à coups rétentissans,
Eveille pour le crime un peuple de brigands....
Les voilà !... regardez ces hordes sanguinaires ;
Voyez au milieu d'eux ces infames megères,
Et ces monstres cruels, qui nourris de forfaits,
Croient voiler leur ame, en déguisant leurs traits :
Tous se sont réunis, et dans leurs mains impures
Brandissent fièrement leurs sauvages armures ;
Tous respirant le meurtre et les assassinats,
Pensent ainsi marcher à l'honneur des combats ;
Et tous ivres d'orgueil, et de sang et de joie,
Demandent hautement qu'on leur livre leur proie.
Leur proie !... Oh, jour affreux ! jour horrible à jamais,
Puisse le ciel !.... le ciel veut punir nos forfaits !
Et déjà, loin de nous, ces indignes cohortes,
Du palais de Louis ont enfoncé les portes,
Ils montent.... je les suis... ils entrent, je les vois
Percer à coups pressés la couche de nos rois,
Espérant..... Je m'arrête, et mon ame glacée
Se refuse à former cette horrible pensée.....

Quoi, le sang des Bourbons, répandu par nos mains,
Doit parmi nous encore trouver des assassins !

Et du meilleur des rois l'épouse infortunée
Doit être une victime au glaive abandonnée !
Que dis-je ?... Ah ! fuyez reine... Epargnez aux Français
Un éternel opprobre , ou de trop vains regrets ;...
Fuyez... Vous êtes mère !... à ce mot , à ce titre ,
De ses jours elle sent qu'elle n'est plus l'arbitre;
Comme reine , son cœur auroit bravé la mort ,
Comme mère , elle fuit , et tremblant sur son sort ;
Croit entendre son fils qui l'invoque et l'appelle ;
Elle fuit.... et le sang à ses côtés ruisselle ;
Elle fuit.... elle voit ses gardes généreux
Se débattre au milieu de leurs bourreaux affreux ,
Non , pour se racheter d'un trépas honorable ,
Dont tous voudroient laisser l'exemple mémorable ;
Mais afin de pouvoir jusqu'aux derniers momens
Lui faire un beau rempart de leurs corps expirans ;
Et la sauvant ainsi des coups de la vengeance ,
Succomber tout chargés de l'honneur de la France.

Dans Paris cependant , un vain peuple égaré ,
Au tumulte , au désordre également livré ,
Prostituant les noms , et d'honneur et de gloire ,
Exaltoit à grands cris , cette infame victoire ;
Et rouge de l'audace empreinte sur son front ,
Tout orgueilleux encor de sa rébellion ,
Au-devant de son roi , devenu son ôtage ,
Se hâtoit de porter un ironique hommage.

Muse ! qui du passé gardant le souvenir ,
Présente ce qui fut , aux yeux de l'avenir ,
Consacre ces horreurs que l'on ne pourroit croire ;
Si ton ferme poinçon n'en burinoit l'histoire ,

Viens parmi ces brigands, ces armes, ces soldats,
Ces canons meurtriers, organes du trépas,
Ces clameurs et ces cris, et ces palmes sanglantes,
Qu'agitoient dans les airs d'infernales bacchantes;
Viens, dis-je, nous montrer l'infortuné Louis,
Tremblant pour son épouse, et pleurant sur son fils;
Remettant ce dernier dans les bras de sa mère,
Le pressant sur son sein; l'en couvrant toute entière;
Espérant en secret qu'un parricide affreux
Hésitera peut-être, à les frapper tous deux.....
Et cependant, hélas ! qu'en dévorant ses plaintes,
Son ame se balance en un cercle de craintes....
Il étoit des bourreaux qui, presqu'à ses regards,
De ses gardes traînoient tous les membres épars,
Tandis que sur leurs pas, nn peuple dans l'ivresse,
Fatiguoit les échos de ses cris d'allégresse,
Et de la liberté blasphémant le saint nom,
S'écrioit en hurlant .... *Vive la nation!*

O nation ! jadis humaine et généreuse,
Estimerois-tu bien cette existence affreuse ?
Pourrois-tu te charger, dans un long avenir,
Du poids de toujours craindre, ou de toujours punir?
Ah ! périssent cent fois ces peuples sanguinaires,
Qui se souillent en paix du meurtre de leurs frères :
Oh France !.... s'il se peut... ne les imite pas,
Au milieu de l'abîme où l'on guidât tes pas,
Arrête... et rejettant tes regards en arrière,
Vois tes débris au loin parsemer ta carrière :
Hélas ! que serviroit de te le déguiser,
D'entre les nations tu viens de t'effacer;
Tu n'est plus cette France orgueilleuse et puissante

Qui courboit à son joug l'Europe obéissante ;
Tu n'es plus cet empire affermi par les temps,
Dont tes rivaux envain, sapoient les fondemens;
Et toutes tes grandeurs ont fui plus vîte encore
Que l'ombre ne décroît au lever de l'aurore.

Qui donc te réduisant à cet affreux état,
De tes prospérités a corrompu l'éclat?
Quel revers de tes maux emplissant la mesure;
D'un sort si rigoureux, t'a fait sentir l'injure?
Les peuples et les rois, se sont ils donc unis,
Pour briser en sa fleur, la tige de tes lys!
L'aigle altier des Césars, franchissant tes barrières,
A-t-il porté leur foudre au sein de tes frontières?
L'Anglais a-t-il armé tous ses mille vaisseaux?...
Non, non... toi seule, oh France! as su combler tes maux,
Toi seule te rendis coupable et malheureuse....
Coupable !... oh juste ciel! oh destinée affreuse!
Quoi! tout un peuple entier!.... oh non! de tels forfaits
Ne peuvent point entrer dans le cœur des Français!
Egarés dans les fils de ces perfides trames,
Qu'ourdissent en secret quelques monstres infames,
Ils sauront déchirer ce voile criminel.

Français, il en est temps; et s'il est un mortel
Qui vous ait abusés par ses complots perfides,
Couvrez-le entièrement de tous vos homicides;
Adressez à lui seul ces imprécations,
Dont pourroient vous charger les autres nations;
Rejettez sur sa tête infidèle et parjure
Ce long amas d'horreurs, dout vous portez l'injure;
Que sur ses traits hideux, et rougis par le sang,

Le déshonneur se grave inéfaçablement :
Qu'il s'éloigne,.... Qu'il fuye, et purge ainsi la France
Que souillât trop long-temps son impure existence ;
Qu'il vive pour vieillir,... pour fatiguer tous ceux
Qu'attachent à son sort les destins rigoureux.....
Et quand l'heure viendra... Lorsque sa plainte amère,
Retentira sans fruit sur son lit solitaire,
Qu'elle y réclamera quelques doux sentimens ,
Qu'un vague écho réponde à ses gémissemens :
Qu'il se trouble, s'agite , essaye un vain effort,
Qu'il retombe enchaîné sur sa couche de mort;
Et si dans cet instant de trop justes allarmes,
De son ame féroce, arrachoient quelques larmes....
Pour nous venger du moins, que son dernier soupir,
Soit celui de la rage, et non du repentir.

Et toi Louis, et toi dont l'ame magnanime ,
Honora seule un siècle avili par le crime,
Toi qui de tes vertus méconnoit trop le prix ,
Du vaisseau de l'état viens sauver les débris ;
Ce n'est pas quand les vents déchaînés sur les ondes,
Troublent l'impure arêne au sein des mers profondes,
Que le sage pilote , endormi sur son bord ,
Laisse aux vagues le soin de le conduire au port ;
Plus courageux, plus ferme, au fort de la tempête,
Il s'éleve au-delà du danger qui s'apprête ,
Et des foudres émus , bravant les vains carreaux ,
Il gourmande Neptune.... Il subjugue les flots.

Louis , voilà l'exemple, et ton cœur doit le suivre ;
Au milieu des périls où le destin te livre,
Développe ton ame , et viens enfin régner ,

Si le ciel t'a fait Roi, c'est pour nous gouverner,
Pour protéger la veuve et l'orphelin timide,
Pour dompter le méchant et sa haine perfide,
C'est pour maintenir l'ordre et la force des lois,
Pour venger l'opprimé, pour soutenir ses droits, ...
Et non pour mettre un prix à cette froide ivresse
Qu'un peuple soudoyé prodigue à ta foiblesse.

Pardonne, ô Roi ! pardonne un reproche dicté
Par l'imposante loi de la nécessité ;
Mais à l'instant fatal, où tes mains incertaines
De l'empire vieilli laissent tomber les rênes ;
Pourquoi, s'il en est temps, déguiser à tes yeux
Tes fautes, tes devoirs, et nos malheurs affreux.

Oui, Sire, il en est temps, il le doit toujours être,
D'appeller les Français à l'amour de leur maître ;
Viens donc, viens resaisir ces légitimes droits,
Que te donnent sur nous, nos sentimens, nos loix ;
Plus fort de tes vertus, et de l'expérience,
Sois roi d'après ton cœur, et tu sauves la France :
Oui Sire, à cet espoir ton ame peut s'ouvrir,
Ton peuple écoutera la voix du repentir,
Cette plaintive voix qu'un décret immuable,
Fait vibrer tôt ou tard, dans le cœur du coupable.

Bourbons, nobles Bourbons, vous qui de toutes parts,
Réunissez les vœux, ou fixez les regards,
Venez enfin hâter ces nouvelles journées,
Et du sceau des vertus, marquant nos destinées,
A notre vieil honneur rendez tout son éclat,
Rendez le peuple au prince, et le prince à l'état ;

Henri IV est encore l'exemple de la terre ;
Et fut de ses sujets le vainqueur et le père :
Imitez ô Bourbons ses efforts généreux ;
Venez tous renverser ce colosse odieux,
Qui conçu dans les flancs de l'impure licence,
De sa force anarchique, essayant la puissance,
Et pour le vice seul créant la liberté,
Rompt ainsi tous les nœuds de la société ;
Brise des temples saints les antiques colonnes ;
Broye comme l'argile, et sceptres et couronnes ;
Et qui, toujours plus fier de ses affreux succès,
Courant rapidement de forfaits en forfaits,
Ne mettant plus de borne à sa superbe audace,
De son pas gigantesque, envahissant l'espace,
Pourroit, en remplissant ses infâmes desseins,
Anéantir un jour les races des humains.

F I N.

www.ingramcontent.com/pod-product-compliance
Lightning Source LLC
LaVergne TN
LVHW010206060726
842524LV00005B/2047